ALUÍSIO CAVALCANTE JR.

Sem você eu não Seria

1ª Edição
Fortaleza, 2021

CeNE
EDITORA

Edição Edmilson Alves Júnior, Igor Alves, Irenice Martins

Coordenação Geral Jordana Carneiro

Revisão Rebecca Cunha, Ana Luiza Silva

Projeto Gráfico Diego Barros

Ilustrações Helena Cortez

Papel de miolo OffSet Imune 90g/m²

Papel de capa Cartão Tríplex 250g/m²

Impressão Pouchain Impressos

facebook.com/editoracene

@editoracene

85 99730.0273

comercial@editoracene.com.br

Dados Internacionais de Catalogação na Publicação Rafaela Pereira de Carvalho
CRB - 1506

C376s Cavalcante Junior, Aluísio.
Sem você eu não seria / Aluísio Cavalcante Junior; ilustradora Helena Cortez. - Fortaleza: CeNE, 2021.
160p. : il. Color. ; 14x18cm.
ISBN: 978-65-89418-01-6
Literatura Brasileira. 2. Poemas. 3. Poesia. I. Cortez, Helena. II. Título.
CDD 869.1

CeNE EDITORA

Av. Santos Dumont, 1343 - Loja 4 - Centro
Fortaleza - CE - CEP 60.150.161
www.editoracene.com.br / (85) 2181.6610

Apresentação

"Sem você eu não seria" é um livro sobre o amor.

Aluísio Cavalcante Jr. o sente e o observa por muitos ângulos, colocando em versos esse sentimento que é a razão de viver do ser humano. Ilustrá-lo foi um uma experiência deliciosa, um resgate de todo o amor da vida. E através de suas páginas, eu amei. Amei muito. É um livro para se manter na cabeceira e manter a chama do amor sempre acesa.

Helena Cortez é artista, mineira de Belo Horizonte, e sempre usou a arte como uma extensão de si mesma.

Prefácio

A poesia de Aluísio Cavalcante Jr. já se faz presente em nossos corações há tempos. Sua sensibilidade aflora desde sempre; seja nas suas belíssimas aulas de Química, em suas palestras e seus eventos, ou mesmo através das redes sociais que fizeram o seu nome ser lembrado em todo o país.

O poeta, que mui respeitosamente apresento, é centrado na contemporaneidade literária, com toda a sua originalidade artística, mas que faz questão de deixar clara a influência dos grandes poetas do século XX: a doce palavra de Quintana, o fazer refletir drummondiano, a síntese de Leminski e a paixão de Vinicius; nomes que consolidaram o seu acervo cultural durante anos.

A leitura de “Sem você eu não seria” me lançou em um mundo de palavras, encantos e sentimentos que, por várias vezes, me remeteu ao famoso poeta russo Vladimir Maiakovski:

“Nos demais todo mundo sabe,

O coração tem moradia certa,

Fica bem aqui no meio do peito,

Mas comigo a anatomia ficou

Louca, sou todo coração”

Esse universo poético precisa de autores do nível de Aluísio Cavalcante Jr., que em seu brado artístico ressalta o brilho das palavras e o despertar dos sentimentos. Os que o leem descobrem o ser poeta que há dentro de si e essa magia só compete aos grandes escritores.

“Meu amigo,

Teu nome é poeta,

Em tuas químicas orgânicas

Pulsa o lirismo.

Em tua inorgânica mente

Se sobressai a Literatura

E nas tuas composições

Resulta o Amor.”

Evandro Meneses - Professor de Literatura, História da Arte e Membro da Academia Cearense de Cinema

Para **Rejane Santos**...
Que desperta muitos sentimentos
em mim...

Se você tem em sua vida
alguém a quem uma simples lembrança
desperta palavras,
saudades, alegrias
e vontade de estar junto,
essas palavras serão
para sempre suas...

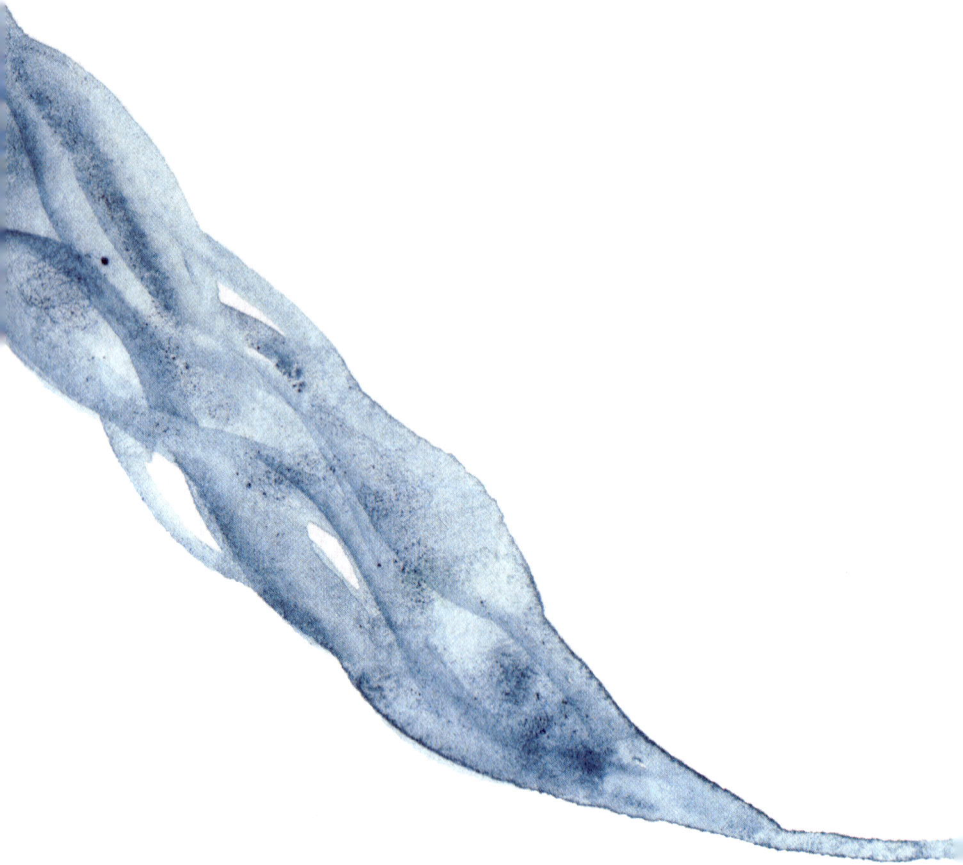

Amo o seu sorriso.
E diante do seu riso,
rio...

É mágico tudo o que o amor faz em nossa vida.
Faz dos nossos finitos, infinitos.
Faz dos nossos rios, oceanos.
Faz de uma única pessoa,
a mais bela e perfeita
das companhias.

É mágico tudo o que o seu amor faz em
minha vida...

Preciso que me fale de amor.
De forma direta e precisa.
Preciso...

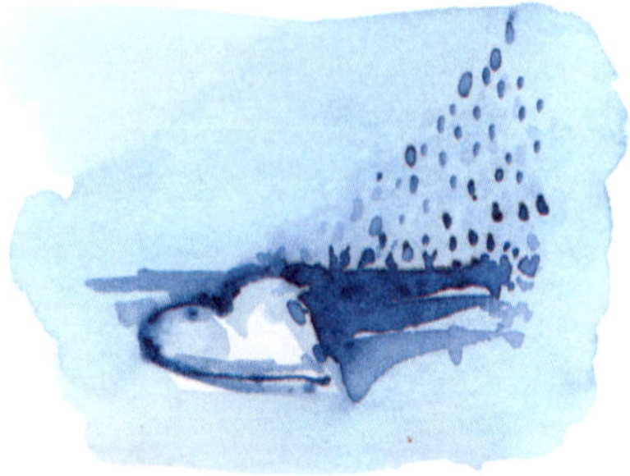

A frase veio sem que eu esperasse:
Amo você.
E eu, que era uma gota de alegria,
me fiz chuva,
virei rio,
corri em sua direção,
e, em sua vida,
transbordei.

Tão bom sentir no alguém
que nos acompanha
a presença necessária do amor.
É esse sentimento de felicidade
que sinto em tua presença.
Não sei explicar o que sinto.
Apenas sinto.
Maravilhosamente sinto.
Deliciosamente sinto.
E, enquanto te abraço, penso no amor.
Abraços que amam são diferentes
dos abraços que apenas acompanham.
Aprendi contigo
a diferença entre gostar e amar.

Gostar
é falar com palavras.
Amar
é falar com o coração...

Nada mais bonito
do que uma palavra de amor
nascida de uma vida feita de amor.
Palavra que, encontrando outra palavra,
nascida de outra vida
que também acredita no amor,
faz-se ainda mais bonita,
mais intensa
e mais perfeita,
vestindo-se de sentimentos
e multiplicando-se de felicidade...

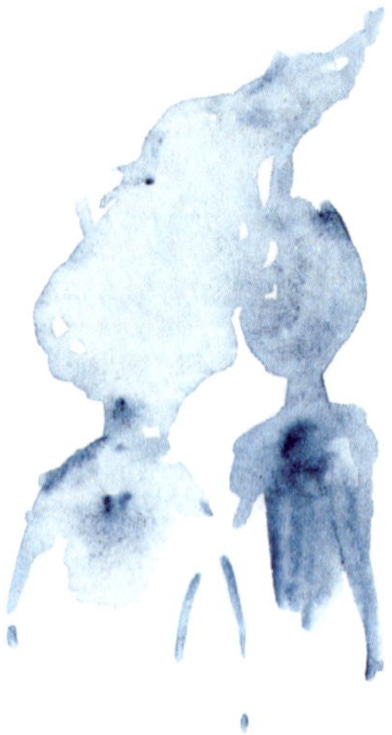

Na ausência de outra palavra
tão intensa,
digo que te amo,
embora o que eu sinta por ti,
seja algo que não consigo definir,
porém, sei que é
muito maior do que o amor...

Ciúme afoga...
Amor afaga...

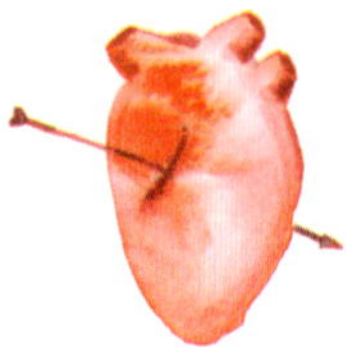

Amar é deixar que alguém
faça tatuagens em nosso coração,
sabendo que não será possível retirá-las,
sendo elas bonitas ou não...

Não me canso
de olhar a forma
com a qual você me olha,
e de agradecer à vida,
por permitir
que, entre milhares de olhares,
o seu olhar fosse olhar
justamente para o meu.

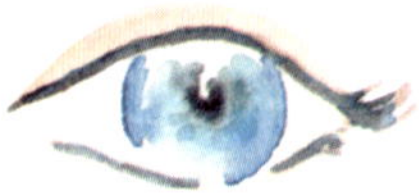

Gosto de olhar a forma
como você me olha.
Pergunta-me o que vejo.
Respondo: “Mistérios”.
Não sei por qual motivo,
mas sei que você me vê
muito melhor
do que realmente sou.

É preciso ter pressa em amar,
mas, uma vez amando alguém,
amar sem pressa,
pois, diante da brevidade da vida,
amar é uma urgência,
mas diante de quem se ama,
amar é, antes de tudo, paciência.

Tão bom adormecer
ao seu lado,
e, ainda melhor,
poder amanhecer
em sua companhia...

Quando você chegou
não veio sozinho.
Trouxe em sua companhia
o amor que sempre imaginei encontrar.
Ao te abraçar, abracei também a vida
que sempre imaginei existir,
mas, também, sempre duvidei encontrar.
Inacreditável encontrar alguém
que, desde sempre, foi o nosso alguém.
Encontrei em você
o melhor de mim...

Desde que vieste
morar em minha vida,
tenho aprendido a gostar de ti
e reaprendido a gostar de mim.
Chamo esse aprendizado
de felicidade.
Chamo essa felicidade
de amor.
Chamo esse amor
pelo teu nome...

Da vida não reclamo,
apenas amo.
Apenas agradeço.
Aprendo a voar.
Faço-me nuvem
e digo à alegria: Vem.
Vem, que eu te mereço...

Tenho uma sede infinita de amor.
Por isso, preciso, todos os dias,
beber oceanos
de “Eu Te Amos” ...

Amor
precisa de palavras
para não virar adeus...
Adeus
não precisa de palavras.
O adeus é feito de silêncios...

Dizem para mim:
"– Nenhum amor é infinito..."
Talvez eles estejam certos,
mas confesso
que prefiro não acreditar...

Amo...
Sei que para muitos
pareço ingênuo...
Melhor assim.
Prefiro a ingenuidade de amar
do que a infelicidade de não amar...

O amor salva...
O amor inspira...
O amor é a vida
feita na companhia
de outros olhos...

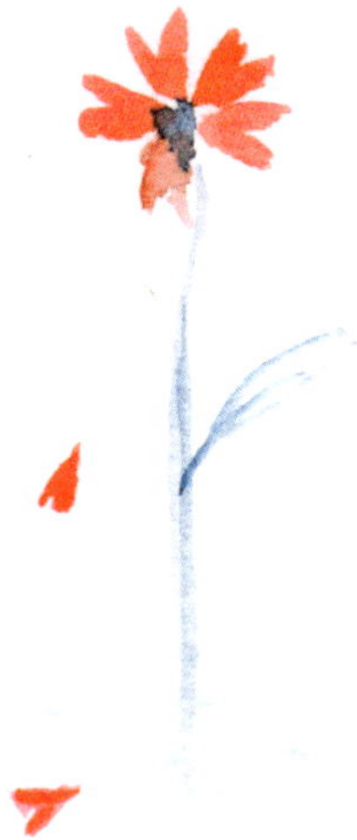

O amor
muda
para não emudecer...
E se a gente não muda,
o amor da gente se muda...

Gostar de alguém,
não é dar um presente.
Isso é comércio.
Gostar de alguém,
é estar presente.
Isso é amor...

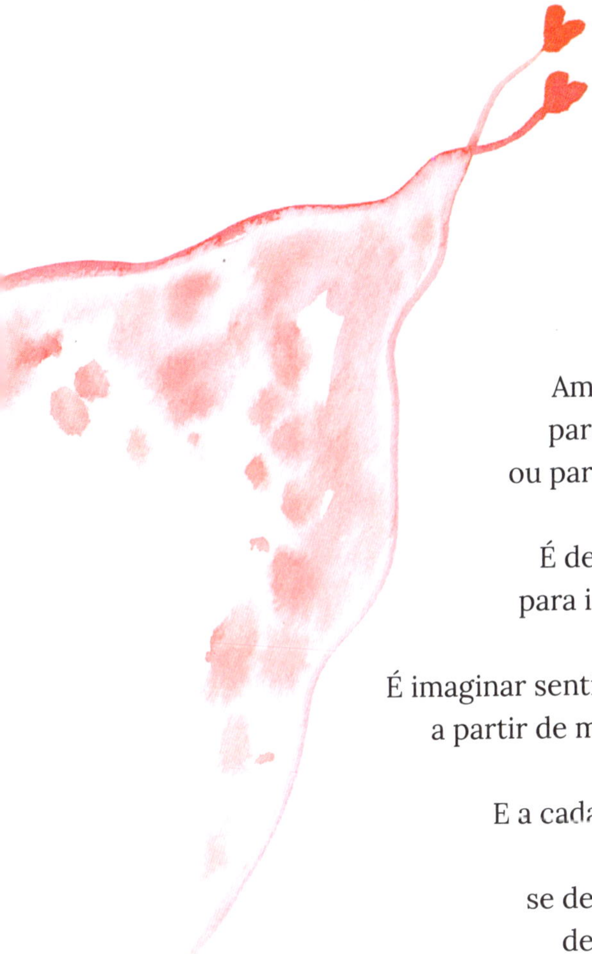

Amar é fazer planos
para a próxima hora
ou para o próximo ano.

É desistir de desistir,
para insistir em sentir.

É imaginar sentimentos infinitos
a partir de momentos finitos.

E a cada vez que escutar
um "Eu te amo",
se deixar transbordar,
deixando de ser rio
para virar um oceano...

Amar é fazer planos...

Perfeito
é ter você
por perto.
Vida
que
convida
minha vida
a dançar com a
felicidade,
nesta
feliz cidade
chamada
coração.

Emoção
é o que sinto
quando estou perto
do seu coração,
e sinto a música
da sua vida
convidar o meu coração
a dançar com a alegria,
dia e noite,
noite e dia,
o tempo todo,
todo o tempo,
para sentir este milagre
vestido de felicidade,
que é viver...

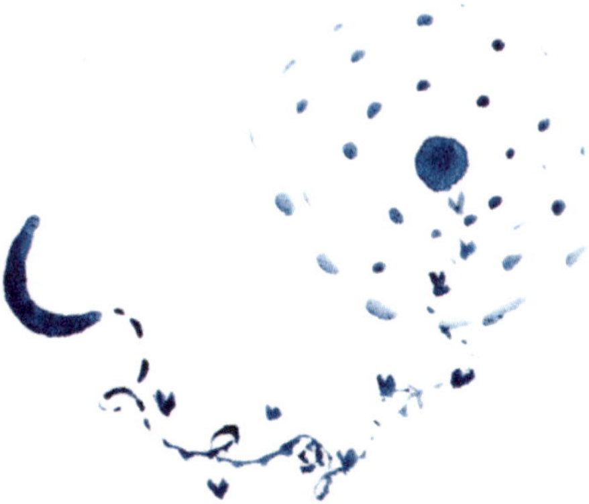

Minha vida mudou
desde que você se mudou
e veio morar dentro de mim...
E eu, que andava meio perdido da alegria,
com ela danço,
seja noite ou seja dia,
na casa
onde a sua vida
veio casar
com a minha...

Você chegou em minha vida
em um tempo em que o meu coração
só lembrava de partidas...
E, de repente,
você fez do meu silêncio, uma canção...
Da minha sede, um oceano...
Do meu vazio, uma companhia...

Se chego ao seu coração,
encontro o caminho
para o meu coração também...

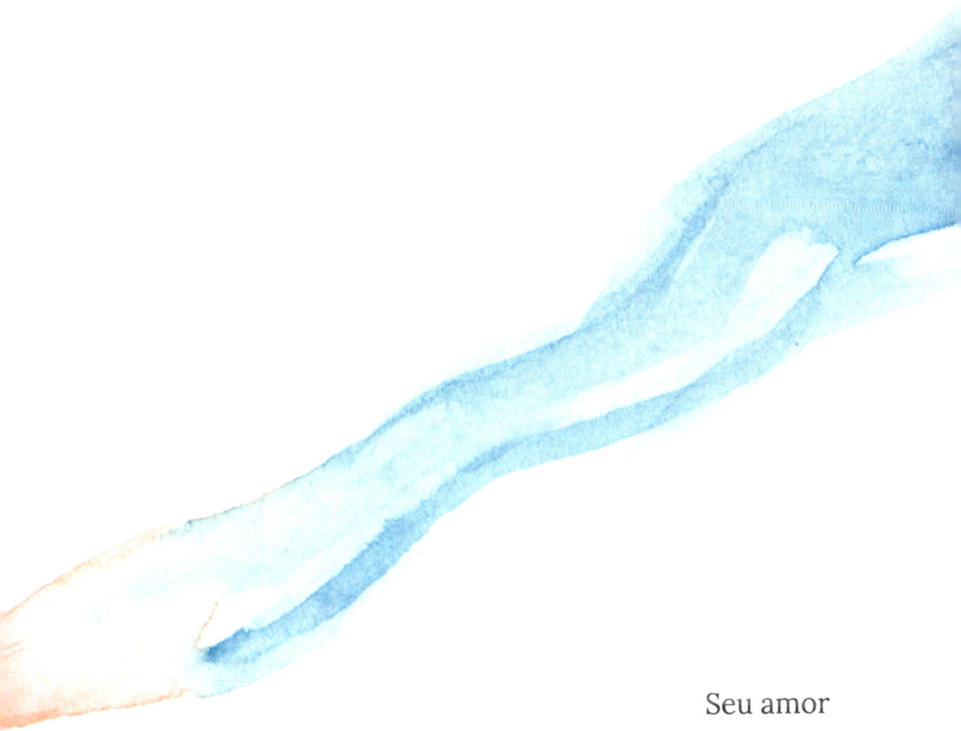

Seu amor
me devolveu uma parte da felicidade
só possível de ser vivida a dois...
A vida é cheia dessas surpresas...
Não sei se é sina,
mas agora a felicidade assina
minha vida
sempre que sinto a sua presença,
tão intensa e, ao mesmo tempo, tão leve,
tão completamente
em mim...

Não acredito em amor à primeira vista.
Só acredito em amor a muitas vistas.
Olhar a pessoa que nos acompanha,
conhecendo seus defeitos e perfeições,
suas ternuras e tempestades,
e, mesmo assim,
sentir vontade de envelhecer ao seu lado,
com a intensidade de uma primeira vez...

Se um dia houvesse a possibilidade
de escolher os melhores dias da minha vida,
aqueles em que somente o fato de acordar
já era motivo de alegria,
tenho certeza que, na maior parte deles,
estaria você,
caminhando ao meu lado,
e sendo, como sempre foi,
a mais perfeita das companhias...

Felizes dos que têm a possibilidade
de dormir à noite,
tendo em sua companhia
a lembrança de alguém que traga
aquela vontade intensa
de que o dia amanheça logo
para estar ao lado daquela pessoa novamente...

Há pessoas que fotografei
com o olhar
e escrevi em meu coração,
como uma espécie de companhia,
para seguir comigo
para aonde meus passos seguirem
ou por onde a vida continuar...
Você foi uma delas...

Amar pode doer...
Não amar nada pode...
Por isso, prefiro a incerteza de amar
e de me imaginar amado,
do que a certeza de não sentir
a vida pulsar por outra vida,
apenas existindo e não vivendo...
Amar pode doer...
Vale a pena arriscar...
Porque se a dor não vier,
virá a felicidade...
Completa, intensa e indescritível
de fazer e de sentir
o coração pulsar por alguém...

Sim...
Sua lembrança em meu olhar...
Seu perfume em minha pele...
Seu sabor em meus lábios...
E, mesmo que não seja para sempre,
ficará em mim a sua história...
E se não houver a presença,
haverá a lembrança...
E serei, na minha loucura, feliz,
pois o que a vida amou,
o coração guardará infinitamente...

Difícil não é amar alguém...
Difícil é amar alguém completamente...
Porque amar
é mais do que uma entrega de palavras...
Amar é uma entrega de corações...
Só pode amar
quem se entregar plenamente...
Só é capaz de ser feliz (ou não)
quem se deixar possuir completamente...
Sim...
Sinos na capela...
E esta capela chama-se amor...

Desde que seus braços
encontraram os meus braços,
protegendo minha vida
com suas mãos,
nunca me senti tão livre...
Tão completamente livre...

Diz que me ama,
com um jeito mais intenso de falar...
Um EU TE AMO que seja mais
do que uma simples voz...
Não duvido do seu amor,
é que hoje,
muito mais do que ouvir,
eu preciso, também,
o seu amor sentir...

Nem sempre gosto
de ficar a sós comigo,
mas amo
ficar a sós contigo,
pois, para a minha solidão,
o mundo é apenas o desejo do finito,
porém, para a nossa solidão a dois,
o mundo é uma vontade infinita
de viver e viver e viver
cada vez mais...

Gostar de alguém é diferente de possuir alguém...
Gostar é ser feliz com a felicidade do outro...
Possuir é ser feliz apenas...
Amar é entender que o amor
se alimenta da liberdade para ser amor...
Assim, fica fácil entender como é possível
gostar de alguém e esse alguém não nos pertencer...

Amar é mais do que estar apenas junto.
Amar é surpreender.
Amar é mudar todos os dias para que o amor não
mude de nossa vida.
Amar é ser para o outro
o que desejamos que esse outro seja em nossa vida.
Intenso.
Presente.
Voz.
Palavras.
Beijo.
Desejo.
Vida...
Amar é mais do que estar apenas junto.
Amar é mergulhar em outra vida,
sem dessa vida jamais saciar a sede...

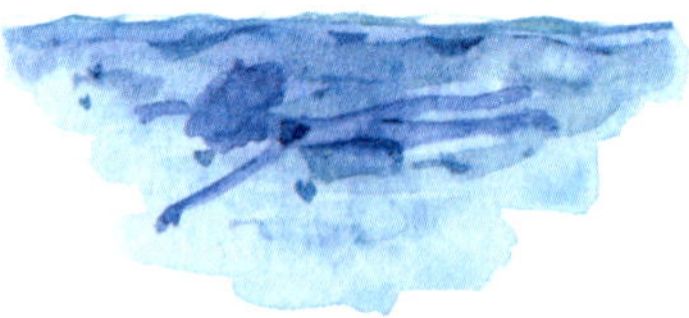

Tão bom
ser a saudade
de quem
é nossa saudade
também...
Sentir saudade assim
é saber que, dentro da gente,
existe alguém que nos leva
a um lugar protegido do tempo,
chamado coração...

Levo você
por onde vou,
e por onde minha alma voa.
Levo você
completamente em minha vida,
como a mais fiel das companhias.
Visto sua vida de liberdade,
mas deixo as portas do meu coração sempre aber-
tas.
E quando você chegar,
quero te abraçar sem pressa,
levar você no meu abraço
e dizer que te amo,
como se fosse a primeira vez...

Amar não é conquistar.
Amar é ser companhia
na liberdade de alguém
que, por vontade própria,
decide caminhar ao nosso lado...

Amar não é fazer promessas
de eternidades,
pois embora bonitas,
não são elas que asseguram
a sobrevivência de um relacionamento.
O que faz com que uma relação dê certo
são os pequenos gestos diários
de carinho e cumplicidade,
pequenos finitos diários,
que, a cada novo dia,
completam-se e, ao mesmo tempo, multiplicam-se,
fazendo com que as vidas que se amam
desejem intensamente viver o dia de amanhã.
A vida de um amor não é feita com juramentos,
por mais grandiosos que eles possam ser,
mas com sentimentos,
por mais simples que eles possam parecer.

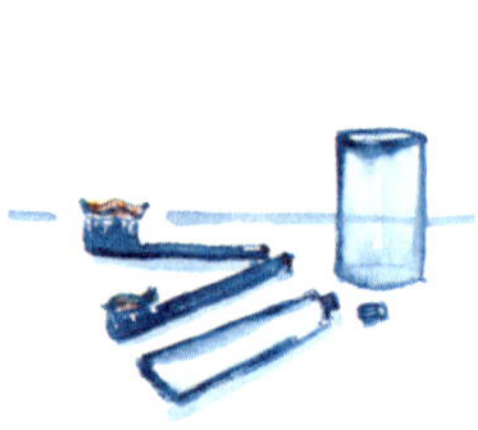

O verdadeiro amor
é aquele que nos multiplica.
Amar não é ser
metade de alguém.
Amar é ser inteiro
ao lado de alguém...
E, de repente, quando
o amor nos vier habitar,
precisamos entender
que ele vem não para nos completar,
e sim para nos multiplicar.
Seria injusto para com o amor fazê-lo metade.
O amor quando vem, habita dentro e fora de nós.
Não chega e jamais chegará
para fazer de duas pessoas uma única pessoa tão somente,
mas para fazer dessas duas pessoas um infinito,
com seus mistérios, suas verdades e suas alegrias.
Amar não é viver pela metade.
Amar é viver duas vezes...

Nada melhor do que estar no pensamento
de quem não sai de nosso pensamento.
Ser o bem de quem é nosso bem.
Ser a razão da vida
de quem faz nossa vida ter razão...
Nada melhor...

Ter alguém que nos faça bem
é, entre os tantos bens
que nos dão sentido,
um dos mais bonitos
que podemos viver...

Há quem diga
que amar é ser metade de alguém...
Mas o amor é muito mais que isso...
Amor é fazer nossa vida
maior do que ela realmente é...
Nos fazer transbordar...
Nos fazer oceanos...

Diante do amor,
meu coração é rio que transborda,
corre para o mar
e também vira oceano...

Amar é,
ao mesmo tempo,
algo tão íntimo e tão extremo.
É um mundo que cresce
a partir do nosso mundo...
Maior de tudo o que somos
ou podemos ser,
embora caiba
plenamente
e perfeitamente em nós...

Todo amor é original.
Toda forma de amar é única.
Impossível amar duas pessoas
de modo igual.
Impossível amar alguém
a partir das lembranças de outro alguém.
A história de um amor
só admite dois personagens,
e não pode ser reescrita
em outras vidas.

Amar é desafiar o impossível
na companhia de alguém
que nos faz acreditar
em uma felicidade possível...

Um dia você chegou em minha vida.
E eu, que te procurava
há tanto tempo,
ao te ver ali à minha frente,
tive a certeza
que já habitava minha vida desde sempre...

Nem todo sempre
é companhia,
presença,
perfume
ou um tocar de pele...
Há sempres
que são apenas lembranças...

Fotografo você
com a máquina sentimental
do meu coração...
Revelo suas fotos
em meu olhar
e guardo pacientemente cada registro
em minha vida.
É a forma que encontrei
de te proteger do tempo
e de revelar, completamente,
sua história em minha história,
sem nenhuma possibilidade
de que um dia possa existir o esquecimento...

Vejo você
o dia todo
em minhas lembranças...
E quando te encontro,
e te vejo diante de mim,
meus olhos se vestem de felicidade...
Amar é sentir
que alguém nos habita na distância
e nos multiplica na presença,
tão simples,
e, ao mesmo tempo,
tão especial...

Eu me lembro bem
o quanto o seu bem
me faz bem...

Há tanto de você em meus dias.
Impossível descrever com palavras
todo o bem que trouxe à minha vida...
Muito de mim mudou com a sua chegada...
Muito de mim renasceu com a sua chegada...
Muito de mim anseia o amanhã com a sua chegada...
Jamais saberei quanto de mim existe em sua vida.
Não sei se algo mudou em você por minha causa,
afinal, essa nunca foi a minha pretensão...
Mas sei que muito mudou em mim.
E a maior mudança
foi essa vontade tão intensa de viver
e viver e viver e viver e viver...
Saborear o dia
e agradecer essa felicidade
tão simples e tão intensa
com a qual você enfeitou meu olhar
e me ensinou a ver dentro e fora de mim...

Quando tudo em mim é tempestade,
chega você e acalma tudo,
fazendo das minhas ondas mar calmo,
para depois, como um barco encantado,
navegar em minhas águas,
acordando alegrias
e, também, essa vontade tão intensa de viver
mais e mais em sua companhia,
dia e noite,
noite e dia...
Só você é capaz de mergulhar em mim...
Assim...
Só você...
Unicamente você...

Tenho saudade
dos amanhãs
que viverei
ao seu lado...

Em sua companhia,
nenhum hoje é suficiente,
nenhum amanhã é suficiente,
nenhum depois é suficiente...
Em sua companhia,
minha vida
precisa de infinitos,
mesmo sabendo
que, ainda assim,
eles serão insuficientes...

Tão bom morar
com você...
Tão bom morar
em você...
Tão bom viver
com você...
Tão bom viver
em você...

O dia começa
não quando o sol amanhece,
mas quando alguém amanhece
dentro da gente,
como agora amanhece
você em mim...
Felicidade é isso...
Ela está na simplicidade
de encontrar infinitos...

AmAR
é respirAR
o oxigênio da vida,
presente no AR
de outra vida...

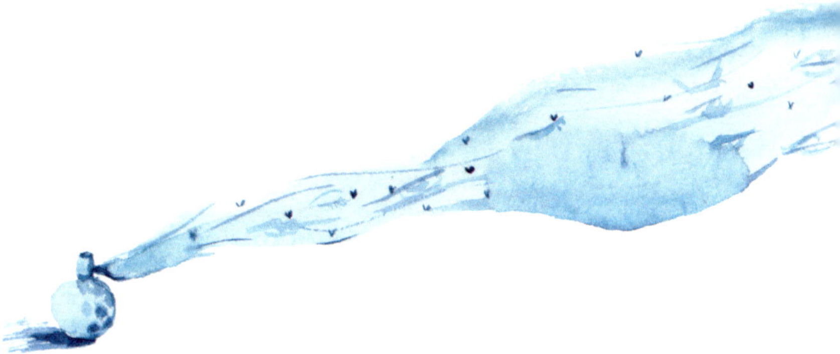

Amor tem perfume.
Mas não qualquer perfume.
Amor tem cheiro de vida.
Mas não de qualquer vida.
O amor tem o perfume da vida
de quem é o amor da nossa vida.
Perfume de amor fica para sempre
na pele e na alma de quem ama.
Por isso é único,
inesquecível
e incomparável.

Quando a vida nos dá de presente
um amor para inspirar o viver,
o mundo fica mais leve
e cabe direitinho no coração...

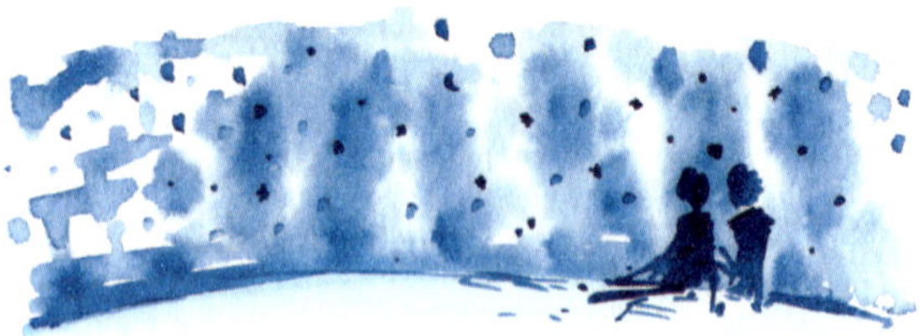

A história de amor de duas pessoas,
ao contrário do que muitos pensam,
não é a formação de uma única história,
mas a de incontáveis novas histórias,
escritas com as tintas da vida,
especialmente preparadas em seus corações...

O melhor abraço
está nos braços de quem nos ama.
Amo estar no seu abraço.
Nele, esqueço do mundo.
Esqueço do tempo.
Esqueço do medo.
Em seu abraço, esqueço quase tudo.
Apenas não esqueço da vida.
O melhor abraço
está na vida que nos devolve o seu sentido.
Amo estar no seu abraço.
Amo...

Impossível ser feliz
sem ter alguém
em quem pensar...
Meu alguém é você...
Meu pensar é você...
Minha felicidade é você...

Não deixa que eu parta de você...
Meu coração precisa navegar...
Não seja para mim apenas um rio...
Minha vida precisa de um mar...

Estar vivo em outra vida
é a certeza de que nossa vida teve sentido
e, também, encontrou seu sentido
em outro alguém...

Quem decide ser oceano
precisa entender
que é preciso abrir as portas da vida
para que outra vida possa nestas águas navegar...
Amar é ser barco...
Ser amado, oceano...
Quem nos ama,
é sempre maior do que nós mesmos...

Todo amor
é urgência,
embora a construção
do amor
exija paciência...

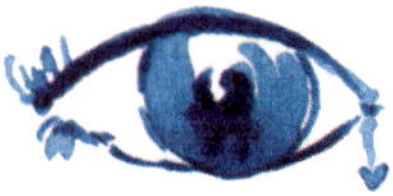

Olho você
com a vontade de ser
sua semana.
Segunda ou terça,
quarta ou quinta,
sexta ou sábado,
domingo... domingo... domingo...
Olho você
com vontade de ser
seu ano.
Janeiro ou fevereiro,
março ou abril,
maio, junho ou julho,
agosto ou setembro,
outubro ou novembro,
dezembro... dezembro... dezembro.
Olho você
com vontade de ser
seu amanhã,
e de amanhã em amanhã,
olho você
com uma vontade intensa de ser seu infinito.

Encontrei você
e encontrei-me em você.
Agora, faço planos,
para a próxima hora,
para o próximo mês,
para o próximo ano.
E fico a te desejar
que encontre em mim
essa alegria,
tão vida e tão poesia,
que encontrei em você,
e com a qual visto minha vida
da mais bonita felicidade,
entre todas as felicidades que posso sentir...

Meu ar
é a brisa
do amor,
que nasce
do seu amar...

Há pessoas que transformam
as nossas vidas apenas estando ao nosso lado.
Confesso que ando cansado das tempestades.
Preciso de mares calmos,
onde meu coração possa navegar sem medo...
Preciso de você
para continuar fazendo maravilhosos planos
para cada novo dia da minha vida.

Há dias em que o que mais desejamos
é ter alguém que nos leve em seus pensamentos.
Dias em que o coração precisa da calma
de uma lembrança,
da paz de um sorriso
e da maravilhosa sensação de um abraço...

Há dias onde o que mais desejamos
é ser alguém na vida de outro alguém.
Dias como esses, onde estou ao seu lado...

Muitos acreditam
que amar é um sinal de fraqueza.
Para mim,
amar é um sinal de coragem.
Amar alguém
é a minha certeza de que estou vivo
e não apenas existindo...

Desde que minha vida
encontrou a sua vida,
ando com inclinações
de só aceitar em minha vida
pessoas apaixonantes.
Desde que a minha vida
encontrou a sua vida,
viver passou a ser mais que uma rotina.
Viver passou a ter um sentido.

Visto-me de você.
E cabes tão perfeitamente em mim,
que penso ser impossível
me vestir de outro alguém
que não seja você...
E fico a desejar que a minha vida
possa vestir a sua vida,
assim, tão perfeitamente,
como a sua veste a minha,
com a mais bonita e completa alegria
que alguém pode sentir
ao lado de outro alguém...

O sonho do amor
não é se fazer infinito.
O sonho do amor
é apenas amar...
Colocar sobre o amor
o peso da infinitude
é tirar desse amor a leveza.
Amores pesados jamais
se tornarão infinitos.
O tempo do amor é o agora,
sem promessas,
mas intenso de verdade.
Só a verdade faz o amor leve.
Só um amor leve
é capaz de resistir ao tempo.

Quando as palavras de amor cantam,
o amor que é passarinho
e adora dançar ao som dessas canções,
voa ao redor das vidas
de onde nascem essas palavras,
e com elas dança,
alimentando-se de vida
e desafiando o tempo.

Meu coração deu flor...
E tem o perfume da sua vida...
Sua tão maravilhosa vida...

Vida onde mergulhei a minha vida...
Onde o coração aprendeu
a diferença entre sentir e apenas bater...

Meu coração deu flor...
E esta flor tem o seu nome...
Nasceu em mim, mas pertence a você,
minha mais que perfeita flor...

O mundo tenta fazer de mim, a cada dia,
algo muito pequeno.
Mas, basta que eu chegue perto de você
para que eu entenda
que ele jamais conseguirá seu objetivo,
pois ao seu lado sou imensidão,
sou infinito
e sou maior que o próprio mundo.

Todos os dias
ao seu lado,
amanheço,
anoiteço,
renasço
e me refaço,
ao seu lado
todos os dias.
Quando amar,
não tente entender
nem tampouco explicar.

Quando amar,
tente apenas sentir
e também imaginar.

E nunca esqueça:
amor não se entende,
apenas se sente.
Amor não se explica,
somente se imagina.
Apenas isso.
Somente assim.

Em um universo infinito,
onde o conceito de tempo
sempre será um mistério,
saber que o meu tempo encontrou o seu tempo,
nesse breve momento chamado vida,
traz até mim uma alegria ímpar
e uma certeza plena:
jamais serei, em tempo algum,
tão intensamente feliz ao lado de alguém
como sou feliz ao seu lado.

Que nenhum nó
seja o responsável
por manter unido
o nosso nós,
mas seja a liberdade
a verdadeira inspiração
que nos mantém juntos,
fazendo da nossa companhia
uma necessidade
e jamais uma rotina.

Quero que você saiba
e jamais, em momento algum,
venha a esquecer:
haja o que houver,
sempre haverá
muito de você
a habitar em mim...

Sem amor,
o que sobraria de mim?
Sem você,
o que seria de mim?

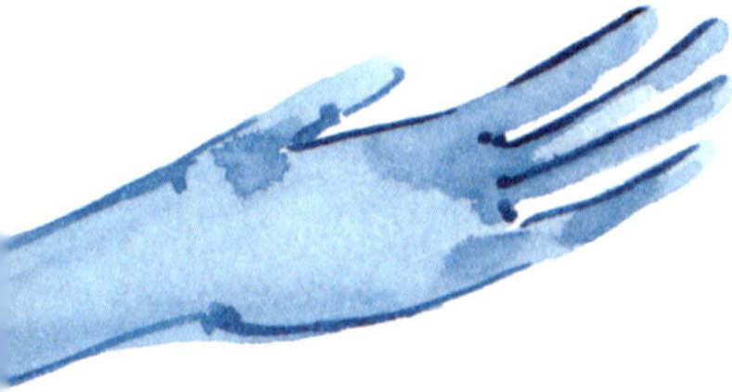

A tua pele
escreve-me...
Se desejas
folhear-me,
esquece-me...
Mas, se desejas
ler-me,
descobre-me...

Então,
o que diz?

Amor precisa
de palmas
e de palavras,
de canções
e corações,
de vida
para tornar-se vida...

Amor é uma busca
infinita
para fazer
de uma história,
aparentemente finita,
um mergulhar diário
em eternidades...

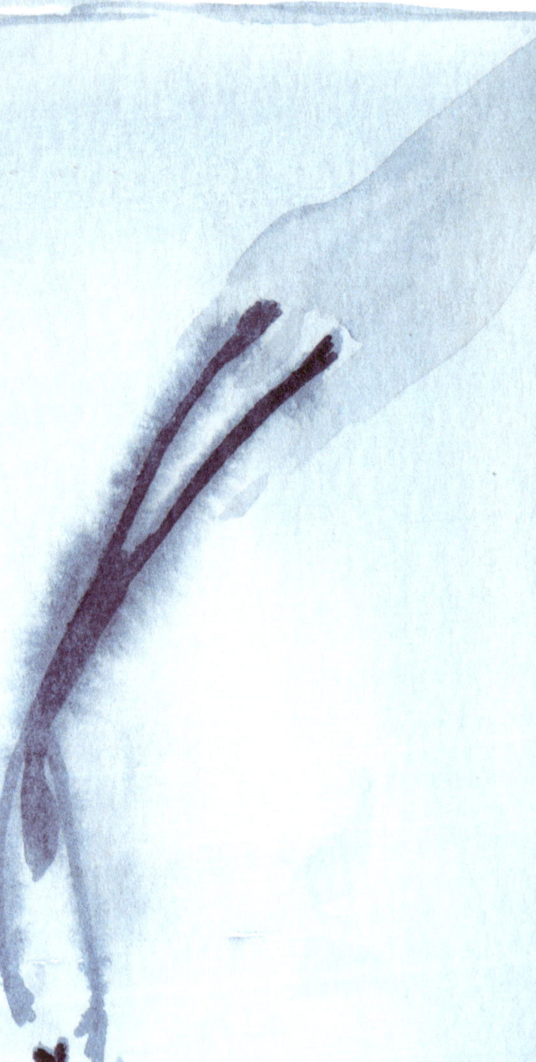

Amor não destrói...
Amor distrai...
Amor nos leva...
Amor nos traz...
Amor não trai...
Amor é paz...

Eu preciso de você,
para ter a sublime alegria de acordar
sabendo que existe alguém
de quem eu possa cuidar,
inspirar caminhos
e fazer feliz,
para que, desta forma,
eu insista em desejar o amanhã,
vendo despertar em sua companhia
o melhor de mim,
que se não fosse por sua presença,
permaneceria para sempre
escondido em meu coração...

Diante de você,
sinto-me como se fosse artista,
apresentando-me em um palco
iluminado pela luz
ora suave,
ora intensa,
do seu olhar...

Amar não é possuir,
nem se deixar possuir.
Amar é ser livre dentro do abraço,
dos braços de alguém
que se sente igualmente livre,
dentro do abraço dos nossos braços.

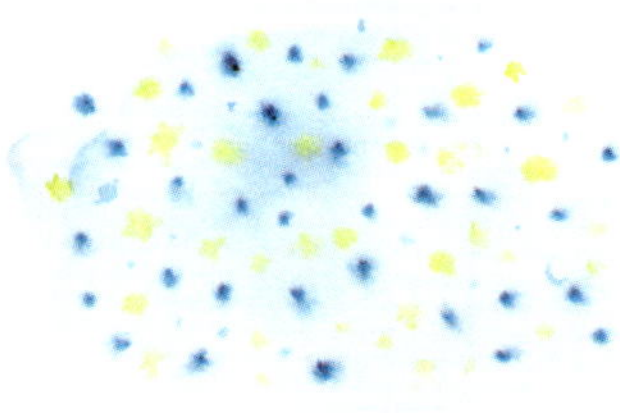

Quando vi seu olhar pela primeira vez,
sabia que nunca mais olharia a vida da mesma
forma...
Agora, havia luz, havia sol, havia lua...
Porém, o mais bonito eram as estrelas...
E as mais bonitas eram feitas de vida...
Vida nascida do seu olhar,
que ao encontrar o meu olhar,
fez com que eu entendesse o real sentido de viver
e querer estar ao lado de alguém para viver...

Quando vi seu olhar pela primeira vez,
visitei as estrelas
que existiam dentro e fora de mim...
De repente, estava ali
diante de mim...
E a forma como você me olhou
foi uma das mais bonitas
que meus olhos viram
em toda a minha vida...

Vi você...
E, nesse instante,
as luzes da alegria
se acenderam dentro de mim...
Desde então, nunca mais fui sozinho...
Agora, brinco de contar estrelas,
de me fazer de sol
e de me imaginar farol...

Vou imaginar como você me imaginaria...
Vou te amar como você me amaria...
Vou pensar em você da forma que você pensaria em mim...
Vou virar brisa que acalma o corpo e a alma...
Vou mergulhar no oceano do fazer planos...
Vou desejar infinitos em sua companhia...

Quando eu te encontrar em algum lugar,
será nesse lugar
que eu também irei me encontrar,
pois sei, já há muito tempo,
que minha vida está
onde sua vida está...

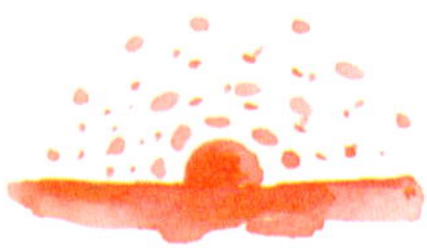

E, diante da sua presença,
agradeço essa companhia,
tão suave e tão necessária,
iluminando cada parte de mim
com a luz de um amor
que me faz desejar o dia de amanhã
com a alegria única de uma primeira vez...

Me namora...
Depois de amanhã...
Amanhã...
Hoje...
Agora...

Dizem que amar
é se perder em alguém.
Meu conceito de amor
é diferente.
Para mim, amar
é encontrar alguém que nos inspire
a nos encontrarmos dentro da gente...

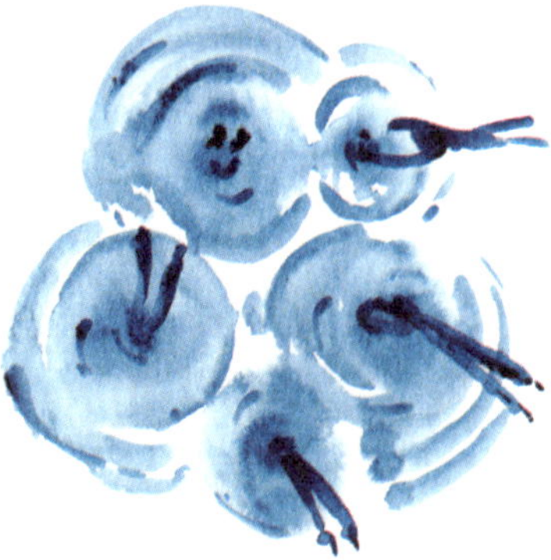

Já não busco o sentido da vida,
mas continuo a buscar sentidos para a minha vida...
E ver você ao meu lado,
me inspira tanto...
E mesmo que as palavras sejam repetidas,
quero que saibas
como te amo tanto...

Tão bom caminhar pela vida
tendo olhos para acordar
alegrias em nossas vidas...
Olhos como os seus,
cheios de dúvidas,
mas repleto de verdades...
Cheios de imperfeições,
mas repleto de felicidades...
Olhos que, mesmo quando distantes,
estão tão completamente em mim...

O mundo deixando de ser mundo,
e eu aqui, ainda
querendo você no meu mundo
para inspirar o meu existir,
a ainda acreditar nessa felicidade,
tão particular e necessária,
que é viver ao lado de alguém...

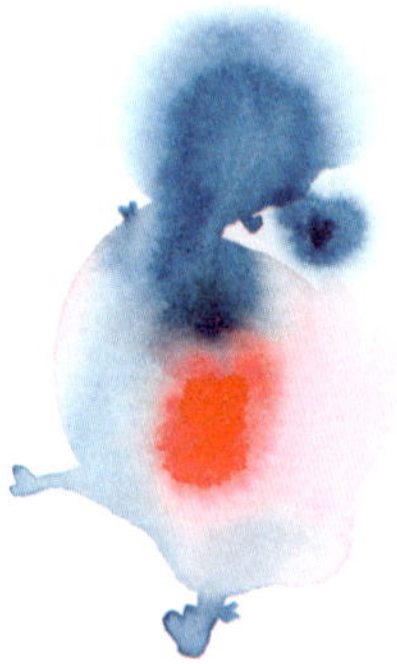

O mundo deixando de ser mundo,
escolhendo a solidão como companhia,
e eu aqui, ainda
querendo você como companhia
para ter a felicidade como certeza,
para acreditar que o mundo
sempre será um mundo,
e que o amor será o alimento
que me manterá indestrutível
diante do mundo,
que agora está diante do meu olhar...

Dedico
a você
o amor ao qual me
dedico...

Feliz
da vida
que pode encontrar, em sua vida,
a alegria incomparável
de outra vida que te faz
feliz...

Sua companhia
fez da minha solidão
um mar de infinitas alegrias...
Noites e dias
de uma felicidade
que eu já não imaginava existir,
mas que agora posso sentir
na sua presença,
tão bonita e necessária...
Paz presente nesse amor simples e leve,
inesperadamente encontrado,
ansiosamente esperado,
que fez da minha solidão
um mar de infinitas alegrias
em sua companhia...

Há em mim, durante todos os dias,
uma necessidade de voltar para você,
e abrigar-me no seu abraço,
mergulhando em seu coração
para sentir a proteção da sua vida
sobre a minha,
como se, em sua companhia,
eu pudesse voltar para casa
a cada novo amanhecer...

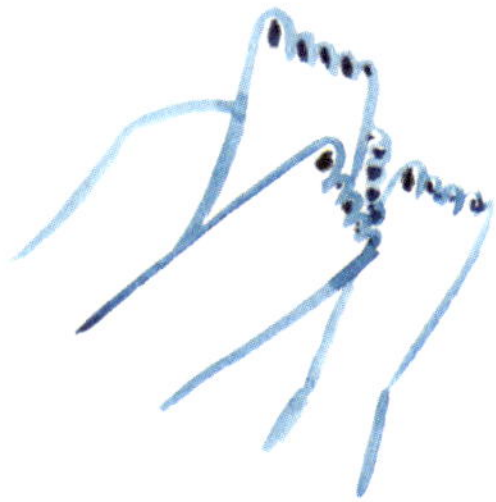

Casas podem ser apenas casas.
Mas, também, podem ser mundos...
Principalmente, quando nessa casa
mora a pessoa
com a qual nossa vida casa,
todos os dias,
no dormir e no acordar...

Tão bom esperar por alguém
que certamente virá
ao nosso encontro
e nos fará feliz de um modo único,
como se fôssemos o centro
de um universo de felicidade...

Todos os dias
espero você em minha vida...
Preparo o coração
com o melhor dos sentimentos
que me habitam...
E continuo a olhar para você
com a mesma emoção
da primeira vez
que te vi entrar em minha vida...

Imagino que, ao final de tudo,
o que buscamos mesmo é o amor de alguém...
E essa busca se transforma em alegria
quando encontramos esse amor,
porque nada é mais intenso do que ser amado,
pois sendo o amor algo que apenas pode nos ser dado,
receber esse oceano sem preço de felicidade,
justifica cada novo dia da nossa vida...

O melhor presente
para quem sente o amor
é a presença de quem ama
em sua vida...

Se você me ama,
não espere um dia especial
para me dizer isso.
Não me dê um presente
que muitas vezes não preciso.
Não me convide para sair
porque, de repente,
existiu uma data para comemorar.
Se você me ama,
apenas esteja presente em minha vida.
Faça de todos os dias, dias especiais.
Convide-me para sair por qualquer motivo.
E, acima de tudo,
se você me ama,
apenas me ame...

Namore comigo todos os dias,
sem a necessidade
de um dia no calendário.
Não me dê um presente
que possa ser comprado em uma loja,
mas seja para mim, você mesmo o melhor presente,
estando verdadeiramente ao meu lado.
E, acima de tudo, se deseja me fazer feliz,
peço apenas que me ame,
fazendo de cada dia da minha vida
um dia único e especial.

Amar é nascer de novo,
mas agora,
a partir do coração de alguém...
Em você, renasço
e me reencontro em seu coração...

Sem você,
muito de mim
se perderia dentro de mim...

Se há algo que não me canso
é de pensar em você...
Ouvir sua voz, pensar em nós...
Do mundo esquecer...
Fazer milhões de planos...
Dizer mil vezes que amo...
Ficar livre em sua companhia...
Esperar a noite, agradecer o dia...
Se há algo que não me canso
é de amar você...

O amor transforma uma única pessoa
em uma multidão dentro de nós.
Para comprovar esta verdade,
basta fechar os olhos
para vê-la nos abraçando por dentro,
fazendo festa em nossa vida
e nos mostrando infinitas razões
para acreditar na alegria de viver.

Amor é fogo que aquece os corações...
Pode-se fingir tanta coisa...
Ler palavras decoradas...
Sorrir sem sentir alegria...
Caminhar imaginando voar...

Mas, amor é diferente...
Não se pode fingir amar...
Não se pode amar de qualquer jeito...
Amor não pode ser decorado por meio de palavras...
Amor não desperta sorrisos onde não existe a alegria...
Amor é caminhar ao lado de alguém imaginando voar...

Assim, eu te amo...
Mais do que você a você mesmo...
Mais do que tudo que possa existir em mim...
Você e eu...
Duas vidas e uma história...
Amor além do gostar...
Gostar muito além do amar...

Eu e você...
Nascer com as manhãs...
Renascer nos amanhãs...
Sabor da vida com gosto de infinito,
que não me canso de provar
sempre que te sinto
ou te imagino,
tão completamente mergulhada em mim...

Eu olhei para as estrelas...
E o que vi em cada uma delas,
foi o reflexo do seu olhar,
tão único,
tão belo,
tão necessário...

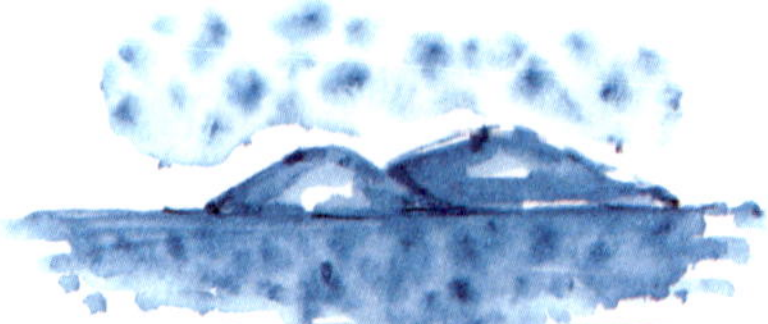

Encanta-me, mais que tudo,
sua lembrança,
sua companhia,
sua morada tão necessária,
tão intensamente desejada,
tão completamente amada,
por onde minha vida seguir...

Sem você, eu não saberia
o real sentido da palavra felicidade...
Não saberia
dessa alegria de amar alguém
e, mais ainda, dessa alegria de ser amado...

Sem você eu não saberia
o sentido verdadeiro de estar vivo...
De ser para alguém
e também ser para esse alguém
a companhia mais que necessária para cada dia...

Sem você eu não seria
esse instante,
onde sentimentos viram palavras,
com as quais visto minha vida
de significados...

Sem você, eu poderia
ser muitas coisas,
sentir muitas coisas,
amar muitas coisas,
mas, sem você, eu não seria
essa felicidade que hoje eu sou...

Amo você...
Isso não é um resumo de tudo...
Amar você não é um ponto final...
É uma continuação...
Amar você são reticências...
É continuação...
É infinito...
É vontade de viver mais e mais na sua companhia...

Talvez, em outra vida,
eu já te conhecesse...
Talvez, em outra vida,
eu já te amasse...
Talvez, em outro universo,
em outra dimensão,
esse amor já existisse no meu coração...

Preciso de você.
Preciso de você.
Desse amor tão intenso assim.
Preciso de você.
Preciso de você.
Pois, só quando te encontro
é que encontro também a mim...

Sobre o autor

Aluísio Cavalcante Jr. é professor de Química em Fortaleza e um apaixonado, tanto pela combinação dos elementos químicos para formar substâncias como pela combinação das palavras para formar textos que acalmem o mundo.

Hoje, brinca de espalhar sonhos pelos caminhos. É sua forma de sobreviver ao tempo e ficar eternizado nas pessoas que passam por sua vida.

Sobre a ilustradora

Helena Cortez é mineira, de Belo Horizonte. Artista plástica e ilustradora, usou aquarela e muito amor nesse livro. Amar, reconhecer o amor na sua vida e deixá-lo ser é o segredo da vida – e merece muitos livros.